AF290423

Christoph-Maria Liegener

Atithis Opfer

Schicksal eines Planeten

Herstellung und Verlag:
BoD – Books on Demand, Norderstedt
Cover-Bild: Shutterstock

ISBN:
9783755760344

Inhalt

Vorwort

Dieser Roman schließt sich an meine beiden früheren Atithi-Romane[1] an. Alle drei Romane können jedoch unabhängig voneinander gelesen werden.

---

[1] Atithi. Die Botschaft der Alien-Frau. BoD – Books on Demand, Norderstedt (2021).

Atithis Welt. Die letzte Hoffnung der Menschheit. BoD – Books on Demand, Norderstedt (2021).

Die Überbevölkerung

„Autsch! Was soll das?", schrie Anna13, als die Dornenranken sie stachen. Sie wollte sich von ihnen lösen, aber es wurden immer mehr, die sich um ihre Arme und Beine wickelten. Dabei zogen sie die Frau mit erstaunlicher Kraft in eine Öffnung im Boden. Kaum war sie hineingefallen, schnappten viele orchideenähnliche Pflanzen nach ihr, während eine klebrige Flüssigkeit ihre Beweglichkeit einschränkte und sie langsam zersetzte.

Sie war das erste Opfer der fleischfressenden Pflanzen auf diesem Planeten.

Die Menschheit hatte eine Heimat auf dem Planeten Proxima Centauri b in einem Paralleluniversum gefunden. Explosionsartig hatte sie sich dort vermehrt. Genetisch gab es keine Probleme, da genügend genetisches Material – Sperma und Eizellen – von der Erde mitgebracht worden waren, um die Vielfalt zu garantieren und Inzucht zu vermeiden. Nun drohte jedoch Überbevölkerung. Städte hatten sich entwickelt, zwar ökologisch konzipiert und nachhaltig bewirtschaftet, aber dennoch die Umwelt immer mehr belastend. Um die Menschen zu ernähren, hatte man Landwirtschaft und Viehzucht betreiben müssen. Einen Ersatz für die Kühe der Erde fand man in den Schmuuks, die eine Art Milch gaben. Leider erzeugten sie auch Kohlendioxid und Methan, beides schädlich für das Klima. Die Umwelt litt und der Planet fühlte sich bedroht. Er wehrte sich.

Die fleischfressenden Pflanzen waren erst der Anfang. Diesen Angriff konnten die Menschen noch parieren. Sie gingen großflächig vor, schnitten die Pflanzen ab und vernichteten sie. Dann wurden die Wurzeln entfernt.

Der nächste Angriff des Planeten ließ nicht lange auf sich warten.

Infolge einer merkwürdigen Entwicklung dieses Planeten hatten sich gewaltige unterirdische Hohlräume gebildet, die von Lebewesen bevölkert wurden, die von den Menschen bisher noch nicht bemerkt worden waren. Es handelte sich um riesige gepanzerte Würmer, die sich durch den Boden wühlten.

Diese brachen jetzt immer öfter an die Oberfläche hervor und töteten viele Menschen.

Die Würmer zu bekämpfen, erwies sich als gar nicht so einfach. Es bedeutete einen abenteuerlichen Einsatz, sie zu jagen. Die Freunde Ludwig331 und Georg37 hatten sich zu einer solchen Aktion bereiterklärt und jagten die Würmer. Das tat man am besten zu zweit. Einer lockte den Wurm hervor, der andere lauerte im Hinterhalt, um den Wurm mit seinem Blaster an seiner verletzlichen Stelle seitlich des Kopfes zu treffen. Es gab viele solcher Zweier-Teams, die versuchten, die Zahl der Würmer zu reduzieren.

Einmal wäre es fast schiefgegangen. Georg, der den Lockvogel spielte, stolperte auf seiner Flucht und stürzte. Er wäre beinahe von dem Wurm erwischt worden, wenn Ludwig nicht geistesgegenwärtig umgeschaltet hätte und seinerseits den Wurm auf sich aufmerksam gemacht hätte. Da er näher am Wurm stand, wandte dieser sich ihm zu, so dass Georg, der wieder aufgestanden war und nun freies Schussfeld hatte, mit seinem Blaster schoss. Volltreffer! Sie hatten blitzschnell die Rollen getauscht und es hatte funktioniert.

Georg japste:

„Das kann doch nicht wahr sein. Wie konnte ich nur in der Situation stolpern. Bin ich denn ein Idiot?"

Darauf konnte Ludwig nur mit einer Gegenfrage antworten:

„Willst du eine ehrliche Antwort haben oder eine höfliche?"

„Deine Ehrlichkeit ehrt dich", gab Georg zurück und fügte hinzu:

„Gib mir fünf!"

Dabei hob er die rechte Hand und Ludwig klatschte ab. Sie kehrten wohlbehalten zur Basis zurück.

Diesmal war es noch gutgegangen, aber diese Form der Jagd war auf die Dauer zu gefährlich. Es musste eine andere Lösung geben.

Man fragte Atithi um Rat.

Atitihi, die Alien-Frau, die von diesem Planeten in einem Paralleluniversum stammte, hatte die Menschen hierher gebracht und unterstützte sie. Sie hatte aufgrund ihrer Herkunft schon immer einen besonderen Draht zu diesem Planeten gehabt. Sie war bereit, mit dem Planeten über das Problem zu reden. Dazu legte sie sich bäuchlings nieder und berührte mit der Stirn den Boden. Das hatte sie schon öfter getan und – wie immer in solchen Fällen – begann der Boden zu vibrieren. Atithi tauschte sich mit dem Planeten aus.

Jungfrauenopfer

Was sie den Menschen danach mitzuteilen hatte, hörte sich nicht erfreulich an: Der Planet verlange, verkündete sie, dass ein gewisser Prozentsatz der Jungfrauen der Menschheit in den größten aktiven Vulkan des Planeten gestürzt werden sollten. So würde das Bevölkerungswachstum begrenzt werden, ohne dass die Riesenwürmer aktiviert werden müssten.

Die Mehrheit der Menschen entschied sich dafür, diesen Vorschlag anzunehmen, um in Frieden auf dem Planeten leben zu können. Atithi teilte es dem Planeten mit und fortan wurden regelmäßig Jungfrauen geopfert, während der Planet nicht nur Ruhe gab, sondern die Menschheit sogar unterstützte, indem er das Wetter den Zyklen der Landwirtschaft anpasste.

Nun war Sandra25 als Opfer dran. Sie hatte vor kurzem ihr 18. Lebensjahr vollendet und war alsbald ausgewählt worden. Jeder erfuhr die Nachricht sofort und die Verschonten waren heimlich froh darüber, dass es sie nicht getroffen hatte. Selbst in Sandras Schule wussten es alle.

Wie immer begrüßte sie am nächsten Tag ihren Banknachbarn, Georg37, mit einem Nasenreiben. Diese Form der Begrüßung – auf der Erde nur von den Eskimos praktiziert – hatte sich in den ersten Jahrhunderten der Menschheit auf Proxima Centauri b entwickelt. Man hatte sich damals um Naturverbundenheit bemüht und sich bei der Arbeit in den Wäldern und auf den Feldern die Hände schmutzig gemacht. Den Schmutz durchs Händeschütteln auszutauschen, schien nicht sehr sinnvoll. Die Nasen dagegen blieben sauber. Also nahm man diese Ersatzhandlung vor. Das stellte kein Problem dar, da alle Nasen trocken waren. Infektionskrankheiten wie Schnupfen gab es seit dem Abflug der Menschheit von der Erde nicht mehr, weil die Mannschaft vorher in Quarantäne gewesen war.

Nun hatten sie sich also begrüßt und Georg37 kam gleich auf das Jungfrauenopfer zu sprechen. Im Scherz schlug er Sandra vor:

„Ich könnte dich entjungfern. Dann wärst du keine Jungfrau mehr und könntest nicht mehr als solche geopfert werden."

Das war natürlich Unsinn. So einfach ließ sich das Opfer nicht umgehen. Das wusste auch Georg, aber er wollte unbedingt seinen blöden Witz loswerden. Jeder weiß, dass es geschmacklos ist, Scherze über eine derart ernste Situation zu machen. Aber so war Georg37 eben. Er hatte einen äußerst merkwürdigen Humor. Das hatte sich schon gezeigt, als er damals seinen Freund Ludwig331 zu sich nach Hause eingeladen hatte und seine Mutter auf den Besuch vorbereitet hatte, indem er ihr sagte, der Junge, den er eingeladen hatte, wäre geistig behindert und sie müsse ganz langsam und deutlich mit ihm sprechen und dürfe nur ganz kurze Sätze verwenden. Seine Mutter versprach ihm, sich daran zu halten, und lobte ihn, weil er sich um einen behinderten Jungen kümmerte.

Seinem Freund Ludwig331 erzählte er indes umgekehrt, dass seine Mutter geistig behindert sei – Altersdemenz – und gab ihm dieselben Anweisungen wie vorher seiner Mutter. Dann beobachtete er, wie die beiden miteinander kommunizierten:

„Hallo. Du sein Freund von Georg?", begrüßte Georgs Mutter den Gast. Der antwortete:

„Ja, ich Freund von Georg. Du Mutter von Georg?"

„Ja. Schön, dass du da sein."

So ging es eine Weile weiter. Die Sache flog erst auf, als Ludwig331 in normaler Sprache etwas zu Georg37 sagte. Georgs Mutter rief entgeistert:

„Aber der Junge kann ja ganz normal sprechen. Was hast du mir denn da erzählt, Georg?"

Georg klärte alles auf und behauptete, es wäre nur ein kleiner Scherz gewesen. Er hatte Glück, dass seine Mutter und Ludwig gute Miene zum bösen Spiel machten.

Der gute Georg verhielt sich unmöglich, aber so war er nun einmal: ohne jedes Gespür dafür, was ging und was nicht. Andererseits erreichte er mit seinem unangebrachten Humor oft seine Ziele, so auch in diesen Fällen. Damals hatte sein Plan darin bestanden, die Kommunikation zwischen Mutter und Freund zu stören, damit das Gespräch nicht darauf kam, dass Ludwig zu jener Minderheit gehörte, die eine Konfrontation mit dem Planeten nicht fürchtete und die Jungfrauenopfer ablehnte.

Diesmal hatte er ein anderes Ziel erreicht, nämlich Sandra wissen zu lassen, wie sehr er an ihr interessiert war.

Nun wurde er wieder ernst. Er nahm Sandra beiseite und erzählte ihr von Ludwig331 und den Leuten, die Jungfrauen retteten, die zum Opfer verurteilt waren. Ludwig331 war ein entfernter Nachkomme von Atithi, die schon einige hundert Jahre gelebt hatte. Für eine Silizium-basierte Lebensform hatte sie gerade erst die Hälfte ihrer Lebenserwartung erreicht. Ludwig pflegte einen losen Kontakt zu Atithi und auch diese erfuhr beiläufig von Ludwigs Untergrundaktivitäten.

Es kostete Georg nicht viel Mühe, Sandra zu überreden, sich mit ihm diesen Widerstandskämpfern anzuschließen. Die Abtrünnigen versteckten sie in den weitläufigen unterirdischen Höhlen. Sie waren dort nicht die einzigen. Viele hatten schon hier Zuflucht gefunden.

Natürlich waren all diese Fluchten nicht unbemerkt geblieben. Die Reaktionen der Menschen darauf waren geteilt. Die meisten konnten es verstehen, manche jedoch hatten bereits eine Tochter oder Schwester verloren und hassten diejenigen, die sich dem Jungfrauenopfer entzogen hatten. Andere wiederum hatten Angst vor dem Planeten, der ebenfalls von den Flüchtlingen erfuhr. Er hatte die unterirdischen Aktivitäten registriert und durch Atithi erfahren, worum es dabei ging.

Nicht dass Atithi absichtlich gepetzt hätte, es geschah ohne jegliches Zutun ihrerseits, dass der Planet alles erfuhr, wenn Atithi ihm ihren Geist öffnete. Daher wusste der Planet, dass ein Teil der Menschheit es auf einen offenen Machtkampf ankommen lassen wollte. So bahnte sich nun ein neuer Konflikt zwischen dem Planeten und der Menschheit an.

Becky

Die Menschen im Untergrund hatten kein leichtes Leben. Über der Erde Nahrung zu suchen, stellte eine Gefahr dar. Würden sie erkannt und erwischt, würde man sie zum Verrat an ihren Mitstreitern zwingen und sie einsperren. Was blieb den Untergrundkämpfern daher anderes übrig, als den Oberirdischen heimlich Nahrungsmittel zu stehlen.

Sicher, das verstieß gegen jede Moral, und dennoch: Das übergeordnete Ziel der Rettung von Menschenleben schien es zu rechtfertigen. Natürlich nur, solange es gewaltlos ablief. Darin hatten die Unterirdischen eine gewisse Übung erlangt. Sie spähten günstige Gelegenheiten aus und stahlen immer nur so viel, dass es nicht auffiel.

Auch Taschendiebstahl praktizierten sie. Ludwig331 hatte eine derartige Meisterschaft darin entwickelt, dass er einem Passanten unbemerkt ein Brot aus dem Arm nehmen konnte, indem er es gegen einen gleichschweres Stück Holz austauschte.

Auf einem seiner Raubzüge in einer der Städte sah er ein wunderschönes Mädchen. Er verliebte sich auf den ersten Blick in sie und bekam schnell heraus, dass sie Becky112 hieß. Nun musste er sie nur noch persönlich ansprechen. Nichts einfacher als das: Unauffällig entwendete er ihre Tasche, wobei er darauf achtete, dass sie es nicht merkte. Sodann folgte er ihr, wobei er diesmal darauf achtete, dass sie es sehr wohl bemerkte. Sie spürte also immer deutlicher, verfolgt zu werden. Schließlich drehte sie sich abrupt um und stellte ihn wütend zur Rede:

„Warum verfolgst du mich?“

„Es war meine Pflicht“, entgegnete er.

„Wieso denn das?“, wollte sie wissen.

„Weil du deine Tasche verloren hast. Ich bringe sie dir nach“, grinste er und überreichte ihr die Tasche, die er ihr vorher gestohlen hatte.

Becky112, die den Verlust bisher nicht bemerkt hatte, konnte zunächst vor Überraschung nicht sprechen. Dann stammelte sie:

„Oh, danke schön. Das hatte ich gar nicht bemerkt. Entschuldige bitte, dass ich dich so angefahren habe."

„Na gut", meinte Ludwig gönnerhaft. „Aber nur, wenn du dich ein wenig mit mir unterhältst."

Becky stimmte zu, sie setzten sich auf einen Brunnenrand und plauderten miteinander. Nach einer Weile fragte Ludwig:

„Ich mag dich. Willst du mit mir zusammen sein?"

Becky antwortete:

„Das geht mir jetzt etwas zu schnell. Wir haben uns doch gerade erst kennengelernt. Warten wir noch etwas!"

Ludwig schwieg einen Augenblick geistesabwesend. Dann stieß er hervor:

„Entschuldige, ich hatte eben einen Aussetzer. Was hatte ich dich gerade gefragt?"

Becky zitierte ihn:

„Willst du mit mir zusammen sein?"

Ludwig rief lachend:

„Ja, gerne!"

Becky gab ihm einen Knuff in die Seite und lachte ebenfalls.

Bald wussten sie alles Wichtige voneinander – außer, dass Ludwig zu den Unterirdischen gehörte. Sie trafen sich noch öfter und Becky erfuhr schließlich auch Ludwigs wahre Herkunft. Zu diesem Zeitpunkt konnten sie sich schon vertrauen und wurden ein Paar.

Gemeinsam fuhren sie aufs Land und blieben eine Weile auf einer Farm. Becky versuchte, Schmuuks zu melken. Das ist gar nicht so einfach, wie man denken könnte. Ludwig lachte sie aus:

„Da läuft ja alles daneben! Wenn du weiter so machst, haben wir bald hier unten eine neue Milchstraße."

Ja, auch auf Proxima Centauri b kann man die Milchstraße sehen und jedes Kind kannte sie. Sowohl die Erde als auch Proxima Centauri b liegen im Orionarm, einem Spiralarm der Milchstraße, von wo man einen wundervollen Blick auf das galaktische Zentrum hat.

Becky protestierte:

„Du kannst es auch nicht besser!"

„Und ob! Ich werde es dir beweisen", konterte Ludwig und versuchte es. Dabei stellte er sich jedoch so ungeschickt an, dass das Schmuuk ihm einen Tritt gab und ihn unsanft in die verschüttete Milch beförderte.

„Bist du verletzt?", fragte Becky besorgt und kam hinzugelaufen.

„Nur in meinem Stolz", gab Ludwig lachend zurück.

Jedenfalls hatten sie nun genug vom Landleben und kehrten in die Stadt zurück. Hier änderte sich einiges.

Auch Becky schloss sich den Untergrundbewohnern an und diese wurden immer mehr. Da konnte es nicht ausbleiben, dass die oberirdischen Bewohner auch gelegentlich auf die unterirdischen trafen.

So geschah es einmal, als Atithi gerade Ludwig besuchte, dass eine Gruppe junger Männer auf Atithi, Ludwig und Becky vor ihnen auftauchte. Die vor Tatendurst strotzenden Männer traten drohend den dreien in den Weg und der Anführer forderte:

„Kommt mit uns und stellt euch der Befragung. Und dann werdet ihr geopfert!"

Atithi entgegnete:

„Das werden wir sicher nicht tun. Lasst uns in Ruhe!"

Da trat der Anführer der Gang auf sie zu und schlug ihr mitten ins Gesicht. Er kannte Atithi nicht. Ihr Silizium-basierter Körper besaß blitzartige Reflexe und konnte jeden Körperteil sofort versteinern. Das tat Atithi mit ihrem Gesicht und der Angreifer schlug mit voller Kraft auf Stein. Er schrie laut auf vor Schmerz. Gleichzeitig versteinerte Atithi ihre Faust und schlug zurück.

Sie führte das aus, was man im Karate als Oi-zuki jôdan bezeichnet hätte. Es wirkte, als ob ein Granitblock den Kiefer des Angreifers zerschmettert hätte. Er sank bewusstlos zu Boden und die anderen Angreifer flohen.

Wer weiß, wie die Konfrontation ausgegangen wäre, wenn Atithi nicht dabei gewesen wäre.

Die Spannungen zwischen Oberflächen- und Untergrundbewohnern nahmen zu. Und das war nicht das einzige Problem.

Auch die Überbevölkerung nahm weiter zu. Der Planet reagierte zunächst, indem er Mikroorganismen hervorbrachte, von den Menschen später Storze genannt, die unbemerkt in die Behausungen der Menschen eindrangen. Sie ernährten sich dort zunächst von Hautschuppen der Menschen, dann von allerlei Abfällen, bis sie immer größer und stärker wurden. Sie versteckten sich und sprangen, wenn sie schließlich groß genug geworden waren, die Menschen an, drangen wie Harpunen durch

Kleidung und Haut ins Innere des Körpers und fraßen die Menschen bei lebendigem Leibe von innen heraus auf.

Beckys Freundin Inge729 war eins ihrer Opfer und es erwischte sie, während Becky neben ihr stand. Becky ergriff sofort die Flucht, gerade noch rechtzeitig; denn ein zweiter Storz schoss auf sie zu und verfehlte sie nur um Haaresbreite. Sie stürzte aus der Tür, deren Energiebarriere nur Menschen durchließ und befand sich für den Augenblick in Sicherheit.

Schnell suchte Becky Ludwig auf und warnte ihn vor der Gefahr. Sie zogen sich in eine Höhle im Untergrund zurück, deren Eingang sie hermetisch verschlossen. Vorräte und Sauerstoffflaschen hatten sie eingelagert.

Ähnlich wehrte sich die ganze Menschheit nach einer Weile. Man traf Vorsichtsmaßnahmen, verhinderte das Eindringen der Mikroorganismen, rottete sie aus und schützte sich gegen die ausgewachsenen Exemplare.

Das brachte nur vorübergehende Entlastung. Als Nächstes schickte der Planet ein umfassendes Erdbeben, das alle Städte zerstörte.

Das wurde dann doch zu viel. Ludwig bat abermals seine Vorfahrin um Hilfe. Atithi hatte immer schon Kontakt zum Planeten herstellen können. Könnte sie nun nicht noch einmal Verbindung mit dem Planeten aufnehmen und Verhandlungen mit ihm zu führen, damit er die Menschen in Frieden leben ließe?

Atithi willigte ein und zog sich zurück, um mit dem Planeten zu verhandeln.

Sie kam mit einem Kompromiss zurück: Der Planet würde den Menschen zehn Jahre Zeit geben, den Planeten geordnet zu verlassen. Dann würde er die Zurückgebliebenen bekämpfen und auszurotten versuchen.

Die Aufspaltung der Menschheit

Die Menschen begannen sofort, geeignete Raumschiffe zu bauen, um sich für den Exodus zu rüsten. Ein Teil der Menschheit jedoch, insbesondere jene, die im Untergrund lebten, entschlossen sich trotz allem zu bleiben und entwickelten Verteidigungsmaßnahmen gegen den Planeten.

Atithi stand vor der Wahl, welcher Partei sie sich anschließen sollte. Sie wollte keine Konfrontation mit dem Planeten, glaubte aber, dass die Zurückbleibenden ihrer Vermittlungskünste bedürfen würden. Ferner fühlte sie sich den Menschen nicht so verbunden wie dem Planeten, der ja in einem anderen Universum ihr Heimatplanet war. Sie fühlte sich hier zu Hause. So entschloss sie sich zu bleiben.

Die zum Aufbruch entschlossenen Menschen bauten eine Flotte von Raumschiffen, die sich autark versorgen konnten. Sie würden durch die Weiten des Alls kreuzen und gegebenenfalls auf Planeten, die sie auf ihrer Odyssee fanden, ihre Ressourcen aufstocken. Man verabschiedete sich von den Zurückbleibenden und brach auf.

So wurde die Menschheit geteilt.

Die Zurückbleibenden bauten erdbebenfeste Städte und entwickelten Waffen gegen die Panzerwürmer. Der Planet, der eigentlich die Menschheit ganz loswerden wollte, bekämpfte sie weiter. Er schickte Viren, Überschwemmungen, Vulkanausbrüche und Stürme. So konnte es nicht weitergehen!

Da traf Atithi eine neue Entscheidung: Sie selbst würde sich opfern. Als Siliziumbasierte Lebensform konnte sie mit dem Planeten verschmelzen, ihn gewissermaßen heiraten. Sie wäre dann ein Teil des Planeten und der Planet ein Teil von ihr. In Zukunft würde dies eine den Menschen wohlwollende Verhaltensweise des dann hybriden Planeten bewirken.

Also verabschiedete sie sich von den Menschen und gab ihnen letzte Instruktionen. Dann streckte sie die Arme zum Himmel und rief etwas in ihrer Heimatsprache hinauf. Darauf zogen sich Wolken zusammen und Blitze zuckten zur Erde. Sie warf sich auf den Boden, räkelte sich auf der Blumenwiese, griff in die fruchtbare Erde und wühlte sich hinein, wobei die Erde sich verformte, sich für sie zu öffnen schien und sie dann wieder bedeckte. Es schien wie ein Bad in der Erde zu sein, wobei Atithi immer tiefer versank. Bald war sie völlig verschwunden. Ersticken würde sie nicht, da sie nicht atmete wie Menschen, sondern Siliziumverbindungen aus der Luft filterte. Diese konnte sie auch dem Boden entziehen. Außerdem versteinerte sie, wie sie es schon einige Zeit nach ihrer Ankunft auf der Erde getan hatte. So ging sie in einen Zustand zwischen Leben und Tod über. Der Planet würde ihre Lebensfunktionen übernehmen, eine Symbiose mit ihr eingehen. Die Mineralien des Planeten würden in Atithi eindringen und Atithis Mineralien an den Planeten zurückfließen.

Kaum hatte der Boden sich über Atithi geschlossen, da begann er zu vibrieren. Die Erde bebte. Die Stelle, wo sie begraben lag, wölbte sich zu einem Berg auf. Gleichzeitig türmte sich über ihrem Grab die Erde immer noch höher auf.

Sie war im Planeten aufgegangen.

Zu ihrem Grab pilgerten die Menschen regelmäßig und versuchten, Kontakt mit ihr aufzunehmen. Atithi würde Vermittlerin zwischen Menschen und Planet bleiben, auch wenn sie nicht mehr unter den Menschen lebte, sondern ein Teil des Planeten geworden war.

Es gelang. Die Menschen, jetzt in ihrer Zahl deutlich reduziert, lebten friedlich mit dem Planeten zusammen. Jede Woche versammelten sie sich an Atithis Grabstätte und Ludwig, der den besten Draht zu Atithi hatte, bestieg den Hügel, legte sich, wie Atithi es so oft getan hatte, bäuchlings platt auf die Erde und kommunizierte mit Atithi.

Die Kommunikation verlief recht einseitig. Seine Gedanken wurden vom Planeten aufgenommen, aber zurück kam wenig bis gar nichts. Er hätte zweifeln können, dass es sich überhaupt um eine Kommunikation handelte. In seiner Hoffnung, dass er dennoch mit dem Planeten kommunizierte, bestärkte ihn jedoch die Tatsache, dass der Planet sich offensichtlich wohlwollend ihnen gegenüber verhielt.

Seinen Kontakt mit Atithi nutzte Ludwig auch, um Becky zu beeindrucken. Sie besuchten einmal einen Geysir und Ludwig sprang in den Pausen zwischen den Wasserausstößen hinüber. Das stellte noch kein Kunststück dar, da man den Rhythmus der Eruptionen leicht nachvollziehen konnte. Das ließ ihn Becky wissen:

„Die Rhythmen abzuschätzen, ist nicht schwer. Das kann ich auch."

Und sie sprang ebenfalls hinüber. So leicht gab Ludwig nicht auf. Er legte die Hand auf den Boden, konzentrierte sich und stellte sich für Minuten über die Öffnung, während der Geysir pausierte.

„Mach mir das nach!", forderte er Becky heraus.

„Klar, kann ich", antwortete diese, legte ihre Hand auf den Boden und stellte sich über die Öffnung, als der Geysir gerade pausierte. Der brach jedoch sofort wieder aus und Becky wurde furchtbar nass.

Dieses Kunststück konnte natürlich nur funktionieren, wenn man gute Beziehungen zum Planeten hat.

Aber die Dusche stellte kein Problem dar. Es war ein warmer Tag. Becky zog die Kleidung zum Trocknen aus, während Ludwig ihr ein paar von seinen Sachen gab.

Der Teil der Menschheit, der ins All aufgebrochen war, traf trotz seiner Flucht auf Probleme. Der Planet hatte Storze auch in ihre Raumschiffe eingeschleust, die den Raumfahrern das Leben schwer machten. Wenn der Planet damit erreichen wollte, dass die Menschen im All zugrunde gehen würden, so hatte er sich getäuscht. Sie taten das, was er am wenigsten gewollt hätte: Sie kehrten um. Dazu trug auch bei, dass das Sauerstoff-Recycling mittels der Sabatier-Reaktion sich als nicht so effizient herausstellte wie gewünscht. Sie würden zusätzlichen Sauerstoff benötigen.

Die Wiedervereinigung

Sie kehrten also nach Proxima Centauri b zurück, bereit, sich den Angriffen des Planeten zu stellen. So kam es zur großen Freude aller Beteiligten zur Wiedervereinigung der Menschheit.

Als sie erfuhren, dass der Planet sich inzwischen mit Atithi verschmolzen hatte, schöpften sie neue Hoffnung. Tatsächlich erwirkte Ludwig vom Atithi-Planeten die Erlaubnis, dass die emigrierten Menschen vorläufig landen durften. Sie konnten sich neu versorgen und mussten dann wieder in den Orbit aufsteigen. Schließlich einigte man sich mit dem Atithi-Planeten auf eine regelmäßige Versorgung der den Planeten umkreisenden Menschen und eine nachhaltiges Verhalten der den Planeten bewohnenden Menschen.

Atithi hatte die Menschen kennengelernt. Sie wusste, dass sie die Erde mit der Klimakrise fast ruiniert hatten. Der Zustand der Erde war bereits kritisch, als die Zentauren – so nannten die Menschen die Bewohner von Proxima Centauri b – die Erde erobert hatten. Wenn die Zentauren damals nicht die Herrschaft übernommen hätten, wären den Menschen vielleicht noch hundert Jahre geblieben, bis die Erde unbewohnbar geworden wäre. Die Zentauren hatten sofort das Ruder herumgerissen und das Klima stabilisiert. Sie hatten dann noch einige weitere Terraforming-Maßnahmen durchgeführt und damit die Erde für ihre Bewohner gerettet. Zwar waren die Bewohner jetzt die Zentauren, aber für die Erde als eine bewohnbare Welt war die Invasion der Zentauren ein Glücksfall gewesen.

Nun wohnten die übriggebliebenen Menschen auf Proxima Centauri b in einem Paralleluniversum. Die Zentauren hatten sie hierher gebracht und ihnen Atithi als Begleitung mitgegeben. Aber auch diesen Planeten würden die Menschen ruinieren, wenn ihnen nicht Einhalt geboten würde.

Die Rücksichtslosigkeit der Menschen war also eine Tatsache. Andererseits wusste Atithi auch, dass die Menschen durch sanften Druck dazu gebracht werden konnten, sich vernünftig zu verhalten. Wenn sie sich jetzt an die Anweisungen des Planeten halten würden, könnte der Planet sie dulden.

Die Überbevölkerung durfte sich nicht auf der Oberfläche des Planeten abspielen. Die Masse der Menschen würde in Raumstationen im Orbit leben müssen. Die Oberfläche des Planeten würde als eine Schutzzone behandelt werden müssen. Nur eine begrenzte Personenzahl würde sich unter strengen Vorschiften dort aufhalten dürfen. Es wäre ein Privileg, das man sich verdienen müsste.

Zum Beispiel könnten Senioren, deren Lebenswerk anerkannt wurde, ihren Lebensabend auf der Planetenoberfläche verbringen. Auch Ehepaare, die Kinder aufziehen wollten, dürften dort wohnen. Wenn die Kinder erwachsen würden, müssen sie in den Orbit umziehen.

Sauerstoff und notwendige Ressourcen für die Raumstationen würden unter ge-

nauer Kontrolle bereitgestellt werden. Der
Planet durfte nicht belastet werden.

Soweit die Bedingungen, die der Planet
diktierte. Die Menschen mussten sich fü-
gen.

So bekam die Menschheit eine zweite
Chance.

Diesmal würden sie den rechten Weg
beschreiten. Der Atithi-Planet würde sie
führen. Er hatte seine Verwundbarkeit
durch die Menschen kennengelernt und
durch Atithi konnte er die Verhaltenswei-
sen der Menschen einschätzen. Diesmal
würde die Menschheit ihre Chance nutz-
ten.

Es gab ein weiteres Problem: Im Lauf
der Jahrhunderte hatte sich die Temperatur
auf dem Planeten leicht erhöht. Einen men-
schengemachten Klimawandel wie einst
auf der Erde gab es hier nicht. Der Tempe-
raturanstieg ging auf die höhere Abstrah-
lung des Zentralgestirns zurück. Das
Zentralgestirn Proxima Centauri mit seinen

Planeten Proxima Centauri b und Proxima Centauri c umkreist einen gewaltigen Doppelstern, der aber so weit entfernt ist, dass er von den Planeten nur als Punkt am Nachthimmel zu sehen ist. Proxima Centauri steht als Sonne am Himmel von Proxima Centauri b. Als roter Zwerg würde Proxima Centauri über die nächsten Milliarden Jahre heller und heißer werden, weil der Heliumanteil in seinem Inneren zunehmen würde und bei höheren Temperaturen fusionieren würde als der Wasserstoff. Für die Bewohnbarkeit des Planeten Proxima Centauri b würde das irgendwann zum Problem werden.

Der Atithi-Planet spürte das durch seine vielfältig vernetzten Ökosysteme. Er existierte nun schon so lange. Myriaden von vergangenen Klimaperioden hatten ihre Spuren auf ihm hinterlassen, so dass ein derartiger über Jahrtausende anhaltender Trend von ihm bemerkt werden musste. Er kannte also das Problem und hatte es hingenommen.

Nun hatte sich die Situation geändert. Er war eine Partnerschaft mit den Menschen eingegangen. Er wollte sie vor der Klimaerwärmung schützen, konnte das aber nicht aus eigener Kraft. Vielleicht konnten die Menschen etwas dagegen tun. Es wurde Zeit, dass auch die Menschen selbst einmal etwas für ihre Zukunft leisteten. Sie mussten nur noch eingeweiht werden.

Als Ludwig das nächste Mal den Grabhügel bestieg, ertönte Atithis Stimme glasklar in seinem Kopf. Sie erklärte ihm die Situation der langfristigen Erwärmung und Ludwig verstand.

Er teilte das Problem den anderen Menschen mit und gemeinsam fanden sie eine Lösung.

Man würde über einen langen Zeitraum den Planeten geringfügig beschleunigen müssen. Mit einer höheren Umlaufgeschwindigkeit würde er auf eine höhere Umlaufbahn gehoben werden, weiter vom Zentralgestirn entfernt. Dort wäre die empfangene Strahlung geringer und der Erwärmungseffekt würde ausgeglichen.

Es müsste nur im richtigen Zeitpunkt über einer Wüste eine gewaltige Wasserstoffbombe gezündet werden. Die Stoßwelle würde dem Planeten einen Schub in die richtige Richtung erteilen. Der Effekt wäre zwar nur gering, aber wenn man das Ganze über die Jahrzehnte und Jahrhunderte immer wieder durchführen würde, könnte man das Ziel erreichen.

Die Rettungsaktion

Ludwig und Becky hatten sich in Physik qualifiziert und nahmen am Programm teil. Die Bombe zu platzieren erforderte einen exzellenten Piloten. Ludwig erinnerte sich an seinen Freund Georg37, der als Pilot auf Kolonie C arbeitete. Kolonie C nannte sich die provisorische Siedlung der Menschheit auf Proxima Centauri c.

Der riesige eiskalte äußere Planet Proxima Centauri c wurde gerade von den Menschen besiedelt. Das bot sich an. Die Lebenserhaltungssysteme dort waren denen im Orbit nicht unähnlich, nur dass dort auch Rohstoffe zur Verfügung stünden. Ferner gab es dort eine Schwerkraft, über die nicht alle Raumschiffe im Orbit des Atithi-Planeten verfügten.

Die Errichtung von Kolonie C erforderte umfangreiche Einsätze von Raumtransportern, die komplizierte Manöver ausführen mussten. Georg war einer der besten Piloten, die sich darauf spezialisiert hatten.

Ludwig freute sich, Georg wiederzusehen. Georg, der inzwischen Sandra25 geheiratet hatte, freute sich wiederum, seinen Heimatplaneten besuchen zu dürfen. Gemeinsam besprachen sie die Details des Einsatzes.

Danach blieb noch Zeit für Georg und Sandra, einige Sehenswürdigkeiten zu besuchen. Unter anderem fuhren sie zu dem größten Canyon des Planeten. Über einige Seitentäler führten schmale Fußgängerbrücken, die sie überquerten. Auf dem Rückweg passierte es: Mit einem Knall zerbarsten die Trägerkabel der kleinen Brücke und der Laufsteg zerriss in der Mitte, so dass rechts und links nur noch die Reste herunterhingen.

Georg und Sandra konnten sich gerade noch am Geländer festhalten und schwebten nun über dem Abgrund. Ein Ranger. Der zufällig in der Nähe war, eilte herbei, überblickte die Situation, seilte sich zu den

Hängenden ab, sicherte sie, kehrte nach oben zurück und zog sie hoch. Sie waren gerettet.

Nun erhob sich die Frage, wie es zu dem Unglück hatte kommen können. Die Untersuchungen ergaben, dass Sprengladungen an der Brücke angebracht worden waren. Es handelte sich um einen Anschlag, der untersucht werden musste.

Ludwig befragte den Atithi-Planeten, der alles wusste, was auf seiner Oberfläche vorging. Es stellte sich heraus, dass ein gewisser Mark87 der Urheber des Anschlags war. Georg, Ludwig und ein paar weitere Menschen verhörten Mark. Dieser konnte die Vorwürfe nicht leugnen und gestand.

Wütend fuhr Georg ihn an:

„Warum hast du das getan? Du hättest uns töten können!"

Mark gab zurück:

„Das wäre nur gerecht gewesen. Deinetwegen und deiner Frau wegen musste meine Tochter sterben!"

Es stellte sich heraus, dass Marks Tochter Susi26 damals als Jungfrauenopfer hatte nachrücken müssen, als Sandra25 in den Untergrund abgetaucht war. Somit hatte Susi Sandras Opfertod übernehmen müssen und Mark gab Sandra und Georg die Schuld am Tod seiner Tochter.

Sandra hatte sich nie Gedanken darüber gemacht, dass eine andere Frau ihren Platz würde einnehmen müssen. Wer weiß, ob sie abgetaucht wäre, wenn sie es gewusst hätte. Man konnte ihr jedenfalls keine Vorwürfe machen, dass sie sich ihrer ungerechtfertigten Tötung entzogen hatte. Auch Susi hätte das tun können. Aber dann wäre wieder eine andere Jungfrau dran gewesen. Eine verzwickte Frage!

Nun verstand man immerhin das Motiv des Übeltäters. Was aber sollte mit ihm geschehen? Eine Gerichtsbarkeit gab es auf Proxima Centauri b nicht. Die sorgfältige Auswahl der Raumfahrer vor dem Abflug von der Erde hatte seinerzeit dafür gesorgt, dass nur Menschen mit einwandfreiem Charakter beziehungsweise ihre Nachkommen nach Proxima Centauri b gelangt waren. Verbrechen kamen praktisch nicht vor. Kleinere Vergehen wurden durch die sozialen Mechanismen geregelt.

Hier nun war allerdings mehr als eine Kleinigkeit geschehen.

Andererseits war der Übeltäter kein durch und durch schlechter Mensch. Man müsste ihn nur wieder einnorden. Wie das? Vielleicht konnte Atithi helfen? Sie konnte in seine Gedanken eindringen, sie neu ordnen und beurteilen, ob noch Gefahr von ihm ausging. Sie brachten also Mark87 zu ihrem Grabhügel und er legte sich dort bäuchlings hin, wie es üblich war.

Atithi trat in seinen Geist ein und überflutete ihn mit dem Konzept der universellen Liebe, wie sie es schon mit den Menschen auf der Erde getan hatte. Es funktionierte: Mark empfing Liebe, empfand schließlich selbst Liebe und übertrug die Liebe auf Sandra und alle Menschen. Die Sinnlosigkeit von Rache wurde ihm klar. Jetzt bereute er zutiefst, was er Sandra und Georg hatte antun wollen. Er war jetzt allen Menschen freundlich gesonnen und konnte wieder in die Gemeinschaft aufgenommen werden.

Endlich konnte Georg seine Arbeit, wegen der er hier war, beginnen. Die große Aktion zur Rettung des Atithi-Planeten wurde in Angriff genommen.

Zunächst wurde das Gebiet auf der Planetenoberfläche im Wirkungskreis der Explosion evakuiert. Dann brachte Georg die Bombe mit einem Transporter an die vorgesehene Stelle in der oberen Atmosphäre über der Wüste, ließ den Transporter dort an Ort und Stelle schweben, bereitete alles vor und entfernte sich dann mit einem Shuttle. Aus sicherer Entfernung und zum genau berechneten Zeitpunkt zündete er schließlich die Explosion.

Diese alles entscheidende erste Explosion rief tatsächlich einen minimalen Effekt in der richtigen Richtung hervor. Der Planet hatte sich an dieser Stelle verhärtet, um den Stoß vollständig in kinetische Energie umwandeln zu können. Die bewirkte Bewegungsänderung war zwar winzig, aber messbar. Das genügte. Sie befanden sich auf dem richtigen Weg.

Ludwig und Becky, die auf der Basis alles verfolgt hatten, umarmten sich glücklich. Ludwig konstatierte:

„Jetzt haben auch unsere Kinder eine Zukunft."

Becky stellte erstaunt fest:

„Ich wusste gar nicht, dass wir Kinder haben wollten."

Verlegen schwieg Ludwig einen Augenblick. Dann stellte er mit einem verschmitzten Lächeln klar:

„Ich meinte eigentlich die nächste Generation der Menschheit. Aber wenn wir beide Kinder haben würden, wäre das auch sehr schön."

Becky errötete und erwiderte:

„Dazu sollten wir aber erst einmal heiraten."

„Klar, machen wir", erwiderte Ludwig und schon war das beschlossen.

Als Georg auf der Basis eintraf, gratulierte Ludwig ihm zu dem gelungenen Manöver und fügte hinzu:

„War das nun Glück oder Können?"

„Das war natürlich mein überragendes Können", antwortete Georg.

Beide lachten. Dann erzählte Ludwig Georg stolz von seinen Heiratsplänen.

„Um Gottes willen! Wer ist denn die Unglückliche?", scherzte Georg, dessen schräger Humor sich nicht geändert hatte.

Ludwig informierte ihn stolz:

„Es ist Becky und sie ist wegen der Hochzeit keineswegs unglücklich."

Als Georg erfuhr, dass es Becky war, die er schon lange kannte, drückte er Ludwig seine Anerkennung mit den Worten aus:

„Das hätte ich dir gar nicht zugetraut. War das nun Glück oder Können?"

„Weder – noch", protestierte Ludwig. „Es war Liebe. Aber davon verstehst du nichts."

„Na warte!", rief Georg und schon balgten sie sich wie die kleinen Jungs.

Ihr Übermut war verständlich. Es hatte sich alles so gut entwickelt. Sie hatten erreicht, was sie erreichen wollten.